AF466077

853

LES

ARTISANS,

OU

LE LENDEMAIN DE LA NOCE,

TABLEAU-VAUDEVILLE,

Par MM. Hypolite Le Roux et Eugène L***.

REPRÉSENTÉ, POUR LA PREMIÈRE FOIS,
SUR LE THÉATRE DU PALAIS-ROYAL,
le 24 septembre 1831.

PRIX : 1 FR. 50 C.

Paris.

J.-N. BARBA, LIBRAIRE,
Palais-Royal, galerie derrière le Théâtre-Français.

1831

Et Eugène Lebas d'après Goiset

LES

ARTISANS,

OU

LE LENDEMAIN DE LA NOCE,

TABLEAU-VAUDEVILLE,

Par MM. Hypolite Le Roux et Eugène L***.

REPRÉSENTÉ, POUR LA PREMIÈRE FOIS,
SUR LE THÉATRE DU PALAIS-ROYAL,
le 24 septembre 1831.

PRIX : 1 FR. 50 C.

Paris.
J.-N. BARBA, LIBRAIRE,
Palais-Royal, galerie derrière le Théâtre-Français.

1831

PERSONNAGES.	ACTEURS.
M. DELAUNAY, architecte.	MM. DORMEUIL.
MARCEL, ouvrier ébéniste. (Tenue soignée, décoration de juillet à la boutonnière.)	DERVAL.
SIMON, autre ouvrier. (Tenue négligée, perruque en tire-bouchons sur les tempes. (Pour ses débuts.) Bonnet de police.)	PALAISEAU.
DÉSIRÉE, femme de Marcel.	Mesd. DORMEUIL.
Mad. BAURILLON, mère de Désirée.	BAROYER.

La scène se passe à Paris.*

* Les auteurs ayant voulu peindre dans les rôles de Marcel et de Désirée la portion *comme il faut* des ouvriers de Paris, ils leur ont prêté un langage plus relevé que celui des ouvriers en général; mais pour en conserver la vérité, il est nécessaire que les acteurs qui rempliront ces rôles dans la province évitent bien de prononcer les liaisons entre les mots.

IMPRIMERIE DE DAVID, BOULEVARD POISSONNIÈRE, N° 6.

LES ARTISANS.

(Le théâtre représente une mansarde. Buffet et porte au fond ; à droite du spectateur une cheminée dans laquelle est un petit fourneau en tôle ; à gauche , en face, un établi d'ouvrier-ébéniste. Porte du même côté au dernier plan. Petite table au fond et porte-manteau.)

SCENE PREMIERE.

MARCEL , DÉSIRÉE , MADAME BAURILLON (1).

(Au lever du rideau , Désirée est assise au milieu de la scène , et Marcel debout près d'elle , appuyé sur le dos de sa chaise : ils se regardent avec tendresse , pendant que la mère Baurillon assise près de la cheminée veille au café qui chauffe sur le petit fourneau.)

MARCEL.

Ma petite Désirée !

DÉSIRÉE.

Mon cher Marcel !

MARCEL.

Nous voilà donc l'un à l'autre... mariés d'hier !..

DÉSIRÉE.

Et par M. le maire lui-même encore...

MARCEL.

Allons-nous être heureux !..

DÉSIRÉE.

Il me semble que je suis encore à la noce !..

MARCEL.

C'est si joli !

AIR : *A soixante ans.*

Ah ! le beau jour qu'un jour de mariage !
Tous nos plaisirs me sont encor présens...
De nos amis le concours et l'hommage ,
Le vin , la danse et les ris et les chants ,
(Se frappant le cœur.)
Tous ces plaisirs je les ai là présens !
Quels souvenirs! et pourtant je préfère
Aux jeux bruyans de ce jour enchanteur
Du lendemain la tranquille douceur...
Hier ce n'était que du plaisir , ma chère...
Mais aujourd'hui , c'est du bonheur.

DÉSIRÉE.

C'est égal...nous nous sommes joliment amusés.

MADAME BAURILLON.

Il en a coûté assez cher pour ça...

MARCEL.

Ça, c'est vrai , maman Baurillon... la dot y a passé !..

* Le premier acteur inscrit tient toujours la gauche du spectateur.

DÉSIRÉE, *avec saisissement.*

Tout entière?

MARCEL.

Mon Dieu, oui... Tu sais ce que nous avons apporté en mariage... moi, la dot d'un artisan, de l'honneur, des bras et du courage.. toi, celle d'une honnête fille, de la vertu et cinq cents francs... Ta vertu est toujours là... mais les cinq cents francs..... absens par congé...

MADAME BAURILLON.

N'est-ce pas une honte, mon gendre?

DÉSIRÉE, *vivement.*

Tiens, au bout du compte, ils ne devaient rien à personne!

MADAME BAURILLON.

Non; mais quand, avant-hier, M. Delaunay, l'architecte qui vous veut du bien, vous remit ces cinq cents francs de la part des compagnons de défunt votre père, certes, il ne vous recommanda pas de les employer ainsi... « Tenez, Désirée, vous dit-il en leur « nom, votre père, honnête artisan, a travaillé quinze ans avec « nous; il est mort au champ d'honneur, sur le bâtiment... Vous « vous mariez demain; voici la dot que ses camarades vous don- « nent en sa mémoire... faites en bon usage, et que cela vous « porte bonheur! » Voilà ce qu'il vous a dit... Les braves gens, s'ils savaient?..

DÉSIRÉE.

Eh bien! puisqu'ils nous les ont donnés... d'ailleurs n'étaient-ils pas du repas de noce?.. Allons, allons à table et n'y pensons plus.

MARCEL, *approchant la table avec sa femme.*

Ma petite femme a raison!.. On ne se marie qu'une fois!..

DÉSIRÉE.

Et puis, n'a-t-on pas ses états?.. Marcel est ouvrier ébéniste...

MARCEL.

Travaillant pour M. Grandjean, le plus gros marchand de meubles du faubourg...

DÉSIRÉE.

Et moi, ne suis-je pas ouvrière en dentelles, avec de bonnes pratiques encore?

MADAME BAURILLON.

Oui, madame Mirval, par exemple; cette femme riche qui nous a fait menacer du juge de paix pour une robe garnie... que nous lui avons abîmée... à ce qu'elle dit... une robe de plus de deux cents francs peut-être...

MARCEL, *mangeant.*

Rien que ça!

DÉSIRÉE, *riant.*

Bah! c'était sa femme de chambre... car j'ai aperçu hier madame Mirval, qui a souri en me voyant... Elle était de la noce de M. Delaunay.

MADAME BAURILLON.

Qui justement s'est aussi marié hier.

MARCEL.

Avec la demoiselle du premier...

MADAME BAURILLON.

Oui, mon gendre, avec la demoiselle du premier; mais quelle différence! M. Delaunay est riche... eh bien! il a épousé encore huit mille livres de rente...

DÉSIRÉE.

Oui, et ils se sont mariés comme des grigoux!.. La cérémonie la plus triste... un remise seulement pour les mariés...

MARCEL, *mangeant.*

Point de repas... ils ont mangé comme à l'ordinaire!.. et le soir, quel bal!.. un seul violon!.. pas de noce enfin... pour des gens riches...

DÉSIRÉE.

Ils appellent cela bon genre!..

MARCEL.

Oui, parce que ça coûte moins cher!

DÉSIRÉE, *avec un mystère comique.*

Et le voile de la mariée... savez-vous ce que c'était?.. du tulle de coton!..

MARCEL.

Pas possible!

DÉSIRÉE.

Tandis que moi... hein, Marcel, comme j'étais bien?

AIR : *de l'Écu de six francs.*

Comme ma toilette était belle!
Et pourtant tout était moral...
J'avais l'air d'une demoiselle...
Avec mon bouquet virginal,
Et ma parure en chrysocal!
Par tous ces atours embellie,
N'est-il pas vrai, tu m'admiras?

MARCEL.

Ah! le soir quand tu les quittas,
Je te trouvai bien plus jolie!
Oui, le soir, etc.

DÉSIRÉE.

Moi! j'avais un vrai voile d'Angleterre!..

MADAME BAURILLON.

Oui... que j'ai reporté ce matin à la lingère...

DÉSIRÉE, *vivement.*

Des fiacres pour tout le monde.

MARCEL, *idem.*

Repas chez Desnoyers!

DÉSIRÉE, *idem.*

Quarante couverts!

MARCEL, *idem.*

Bal à grand orchestre!

DÉSIRÉE.

Douze musiciens!

MADAME BAURILLON.

Qui ont bu !

MARCEL.

Et mon ami Simon qui réglait tout ça...

MADAME BAURILLON.

Alors je ne m'étonne plus !.. c'est encore un bon sujet que votre ami Simon...

MARCEL.

Lui, c'est le meilleur ouvrier du faubourg.

MADAME BAURILLON.

Dites donc le plus paresseux... et quand je pense que c't être-là a voulu être mon gendre !

MARCEL.

C'est moi qui le suis, voilà la difference...

MADAME BAURILLON.

C'est égal, Marcel, Simon est une mauvaise connaissance pour vous, et si vous m'en croyez...

MARCEL.

Ne faudrait-il pas me brouiller avec un ami !.. Allons, belle-maman, assez causé !.. M. Delaunay s'est marié comme il l'a voulu, et nous aussi... s'il a des écus, je n'irai pas lui en demander... Pendant qu'il les comptera, j'en gagnerai, moi... et en fait de bon genre, voyez-vous, j'aime mieux le nôtre ; si on mange tout, du moins on s'amuse ! et en avant. (*A Désirée.*) Hein !.. comme j'ai joliment dansé hier :

Chasseur diligent,
Quelle ardeur te dévore ?

DÉSIRÉE.

Et moi donc ?

(Ils dansent sur l'air des Chasseurs de Robin des Bois, en indiquant les figures pendant que madame Baurillon remet au fond le couvert d'un air de mauvaise humeur.)

SCENE II.

DÉSIRÉE, M. DELAUNAY, MARCEL, MADAME BAURILLON.

DELAUNAY, *du fond.*

A merveille !

(Ils s'arrêtent brusquement et avec embarras.)

MARCEL.

M. Delaunay !

DELAUNAY.

Que je ne vous dérange pas, mes amis !.. Vous pensiez encore à votre noce... Il paraît que vous vous êtes bien amusés hier ?.. (*Ils vont pour répondre.*) Oui, on m'a dit cela... Je sais ce qui s'est passé... Fort bien, fort bien... Mais vous êtes étonnés de ma visite, n'est-ce pas ? (*A Désirée et à madame Baurillon.*) J'aurais à parler à Marcel.

MARCEL.

A moi, M. Delaunay ?

(Il fait signe aux femmes qui sortent avec précaution par la porte de gauche au fond.)

SCENE III.

DELAUNAY, MARCEL.

DELAUNAY.

Voici ce que c'est... Hier, mon ami, pendant que nous nous marions tous les deux, un accident est arrivé à un ouvrier, à un camarade, le vieux Robert!

MARCEL.

Robert!

DELAUNAY.

Oui, il s'est blessé... en tombant d'un échafaudage... je l'ai fait transporter ce matin à Saint-Louis... Mais c'est un père de famille, et j'ai fait une petite quête pour lui chez ses camarades... c'est à votre tour à donner, mon ami...

MARCEL, *embarrassé.*

Monsieur... sans doute...

DELAUNAY.

Je connais votre cœur! et je sais que lorsqu'il s'agit de bien faire... c'est toujours vous qu'on a vu le premier.

AIR : *de la Robe et les Bottes.*

Dans le quartier chacun l'atteste,
On peut de vous citer plus d'un beau trait!
C'est à bon droit que brille à votre veste
Le noble prix des exploits de juillet!
Vous l'avez vu... librement, sans entrave,
Quand il fallut désigner à la fois
Le plus honnête, le plus brave...
Tout le faubourg vous a donné sa voix...
Quand il fallut désigner le plus brave,
Tout le faubourg vous a donné sa voix!

MARCEL, *avec peine.*

Je n' l'ai pas oublié, M. Delaunay, certainement... mais...

DELAUNAY.

Comment?

MARCEL.

Tenez, M. Delaunay... je dois vous le dire franchement... Hier... cette noce... les amis... le plaisir... la vanité peut-être... enfin le fait est que... (*Frappant sur ses goussets.*) Il n'y a plus personne... le total y a passé!..

DELAUNAY.

Toute la dot de votre femme!.. Ainsi vous ne pouvez pas secourir un camarade?

MARCEL.

Ah! monsieur... mais ne croyez pas que je reste en arrière, et mon premier argent, je vous le promets!

DELAUNAY.

Diable, diable... c'est une faute ça... enfin!.. mais ce n'est pas tout... je désire rester inconnu dans cette petite collecte, et vous me ferez le plaisir de porter vous-même à votre ami...

MARCEL.

Quoi, monsieur?

DELAUNAY.

Je vous en prie... c'est un service personnel que vous me rendrez... Je vais finir ma petite tournée... j'espère réunir à peu près deux cents frans que je vous enverrai ce matin... vous les porterez à deux heures à Robert... c'est l'heure d'entrée de l'hospice...

AIR : *Mon cœur à l'espoir s'abandonne.*

Oui, j'attends de vous ce service...

MARCEL.

Monsieur, puisque vous l'exigez...

DELAUNAY.

En lui rendant ce bon office,
Autant que lui vous m'obligez.

Vous connaissez Robert, c'est un brave homme...
Un tel secours est bien faible aujourd'hui ;
Mais à ses yeux nous doublerons la somme,
S'il la reçoit par les mains d'un ami.

ENSEMBLE.

Oui, j'attends de vous ce service,
C'est fini, vous vous en chargez...
En lui rendant ce bon office,
Autant que lui vous m'obligez.

MARCEL

Il faut bien vous rendre service...
Monsieur, puisque vous l'exigez...
En lui rendant ce bon office,
Autant que lui vous m'obligez!

(M. Delaunay sort.)

SCENE IV.

MARCEL, *seul.*

Maudite imprévoyance! Si j'étais le seul à en souffrir encore! Mais un camarade... un ami... Allons, allons, il n'y perdra rien... Cachons cela à ma femme, ce serait l'affliger inutilement, et vite à l'ouvrage. (*Il ôte sa veste qu'il va accrocher au porte-manteau.*) Pourvu que Simon ne vienne pas me déranger... Avec ça, je crois me rappeler qu'il m'a parlé d'un déjeûner... car après le souper. c'est toujours là sa première pensée...

SCENE V.

MARCEL, DÉSIRÉE, MADAME BAURILLON.

DÉSIRÉE, *entr'ouvrant la porte.*

Peut-on entrer?

MARCEL, *allant à son établi.*

Oui, ma petite femme... Tiens, place-toi là... à côté de moi, et en avant le travail!

(Après un grand temps pendant lequel Désirée apprête ses dentelles.)

DÉSIRÉE.

Que te voulait donc M. Delaunay?

MARCEL, *avec intention.*

Oh! rien... Il me commandait de l'ouvrage!

MADAME BAURILLON.

A la bonne heure! vous voilà raisonnables.

(Ils se mettent à l'ouvrage: Marcel à son établi, Désirée sur une chaise avec des dentelles; madame Baurillon s'occupe de l'autre côté du théâtre à faire un chausson de lisière.)

AIR *d'Adam. Verse, verse le vin de France.*

(Troisième acte de Guillaume Tell du théâtre du Vaudeville.)

MARCEL.

Tout l'mond' ne travaille-t-il pas?
Voyez sur la route commune
Que d' gens s' donn'nt du mal ici bas,
Pour la gloire ou pour la fortune?
Pour la fortune?
Moins fou qu' ça, moi dans mon grenier,
J' veux l' bonheur et pas d'avantage...
Bon époux et bon ouvrier,
J' te tiendrai toujours l' mêm' langage.

DÉSIRÉE.

Tu m' tiendras toujours l' mêm' langage?

MARCEL.

Du courage,
Allons à l'ouvrage!
C'est là l' bien
Des gens qui n'ont rien!

REPRISE EN CHOEUR.

Du courage, etc.

Même Air.

DÉSIRÉE.

C'est ça, n' pensons qu'à not' bonheur,
A bon ouvrier, bonne femme...
J' te paîrai d'une égale ardeur...
Comm' l'exempl' rien qui nous enflamme!
Qui nous enflamme!

MARCEL.

Courag' donc... car à chaqu' bambin,
Que l'bon Dieu j't'ra dans not' ménage,
Sans r'culer, l' rabot à la main,
J' te tiendrai toujours l' mêm' langage.

DÉSIRÉE.

Tu m' tiendras toujours l' mêm' langage?

MARCEL.

Du courage,
Allons à l'ouvrage,
C'est là l' bien
Des gens qui n'ont rien!

REPRISE EN CHOEUR.

Du courage, etc.

SCÈNE VI.

MARCEL, DÉSIRÉE, SIMON, MADAME BAURILLON.

SIMON, *la tête à la porte d'entrée.*

N' faites pas attention, c'est moi !

DÉSIRÉE.

Ah ! vous voilà, M. Simon.

SIMON, *donnant une poignée de main à Marcel.*

Il paraîtrait !.. Tiens, vous travaillez, vous autres ?

MARCEL.

Sans doute... j'ai de l'ouvrage...

SIMON.

Tiens ! moi aussi j'en ai... mais je n' la fais pas !

MADAME BAURILLON.

J' crois bien ; vous ne faites jamais rien, vous... vous êtes d'une paresse !

SIMON.

Ah ! maman Baurillon, vous v'là comme les autres... à dire du mal de moi... Eh ! bien, vous avez tort, vrai...

AIR *des Gueux.*

Si je n' fais rien,
Non rien, jamais rien,
Je m'en trouve bien,
Donc je fais bien.
Qu'on m'approuve, qu'on m'accuse,
Voyez-vous, ça m'est égal...
J'ai bon cœur, v'là mon excuse,
Et je n' fais jamais de mal...
Car je n' fais rien,
Non rien, jamais rien,
Je m'en trouve bien,
Donc je fais bien.

Qu'un autr' s'voi' ravir tout d' suite
L' bien qu'il acquit en détail,
Moi, je n' crains pas qu'un' faillite
M'enlèv' le fruit d' mon travail...
Car je n' fais rien,
Non rien, jamais rien,
Je m'en trouve bien,
Donc je fais bien.

(Prenant une chaise.)

Et puis, d'ailleurs, je suis fatigué moi... un lendemain de noces... n'est-ce pas donc la femme de not' ami, la jolie petite femme de not' ami, qui n'a pas voulu être la mienne ?.. Regardez-moi donc ! Vous êtes encore plus gentille à ce matin, ma parole d'honneur...

DÉSIRÉE.

Vous croyez, M. Simon ?.. Qu'apportez-vous donc-là ?

SIMON.

Ça c'est rien... c'est un papier que j'ai trouvé à l'atelier.

DÉSIRÉE.

Eh bien ! qu'est-ce qu'il dit ce papier?

SIMON.

Il dit que c'est une circulaire qui regarde les ouvriers...

MARCEL, *quittant brusquement son établi.*

Les ouvriers, voyons, voyons ça... lis...

SIMON.

Lis... lis... Tu sais bien que je n'ai jamais eu le temps d'apprendre à lire.

MARCEL.

C'est vrai... alors donne ça à Désirée.

SIMON.

Tenez, lisez, vous qu'avez été au Mutuel.

DÉSIRÉE, *lisant.*

« On demande des ouvriers de tout état, habiles et honnêtes pour « porter leur industrie à Haïti. »

MARCEL.

Eh bien ! c' n'est pas malheureux... c'est du travail pour les pauvres ouvriers qui en manquent.

SIMON.

Tiens ! te v'là comme les journaux, toi à présent... qui prêchent toujours du travail pour les ouvriers... j' vous d'mande un peu d' quoi qu'ils s' mêlent ?.. si on n' veut pas travailler !..

MARCEL.

On doit l' vouloir.

AIR : *des Frères de lait.*

Brav's gens du peupl', qui n' somm's pas d' la canaille,
Finissons donc et d' courir et d' crier...
Faut du repos pour qu' l'ouvrier travaille,
Et ces émeut's, on n' peut trop l'publier,
C'est du pain d' moins, Simon, pour l'ouvrier,
Tous ces mouv'mens, d'ailleurs, qu'on nous propose,
A quoi ça sert?.. Il faut ben s' résigner...
Bon ! si la France y gagnait quelque chose...
Mais tout c' qu'on gagn', c'est d' se faire empoigner !
Oui, pour changer, tout c' qu'on gagne à la chose,
Comme autrefois, c'est d' se faire empoigner !

SIMON.

Ça c'est vrai, la garde nationale ! faut-il qu'elle aime à travailler?.. (*Avec colère.*) C'est qu'aussi il y a des choses qui m' vexent... Pourquoi as-tu la décoration des héros d' juillet, et moi pas ?.. car, enfin, j'ai été partout avec toi dans les immortelles... dans les glorieuses...

MARCEL.

Oui, mais qu'as-tu fait?

SIMON, *avec sang-froid.*

Rien... j'ai tout regardé, tout vu... et je n'ai rien demandé pour ça... pas même de l'ouvrage... au contraire, c' qui m'en plaisait, à moi, d'la révolution, c'est qu'l'atelier était fermé... J'croyais qu'ça allait durer..,

MADAME BAURILLON *soulevant avec indignation son chausson de lisière.*

Et ça s'dit Français!

SIMON.

De quoi? de quoi?.. J'suis d'la rue d'la Lune... C'est peut-être pas en France?.. Apprenez donc vot' géographie, maman Baurillon...

MADAME BAURILLON, *le repoussant.*

Allons!.. laissez donc finir Désirée avec son hatiti...

SIMON, *ouvrant la bouche.*

Ha-i-ti!.. J'parie qu'vous n'savez pas encore c'que c'est qu'ça... Vous autres qui travaillez!..

DÉSIRÉE.

Non... qu'est-ce que c'est donc?

MARCEL *travaillant.*

C'était une colonie...

SIMON.

C'te bêtise... Haïti! c'est une île noire... Les arbres, les chiens, les chats, les femmes, les maisons tout est noir (*on rit*); j'connais quelqu'un qui y a été.

MADAME BAURILLON.

Et prend-on aussi des ouvriers ébénistes?

SIMON.

Des ébénistes, parbleu!.. puisqu'on prend de tous les états... C'est pas un état p't-être?

DÉSIRÉE, *mettant la circulaire sur l'établi.*

Alors, pourquoi n'y allez-vous pas?

SIMON.

Ah! méchante... c'n'est pas qu'ils payent bien... Il donnent quatre cents francs en partant, à ce que dit la circulaire... mais aller travailler pour des nègres, dites donc, et des négresses?..

DÉSIRÉE.

Tiens, on dit qu'il y en a de jolies!..

SIMON.

Laissez donc! (*prenant la main de Désirée.*) plus souvent que les négresses ont de jolies mains blanches comme ça!

(Il veut l'embrasser.)

DÉSIRÉE.

M. Simon, finissez.

MARCEL, *intervenant.*

Oui, pas de gestes...

SIMON, *avec dépit.*

Hein! grand jaloux!

DÉSIRÉE, *passant avec humeur près sa mère.*

Que je vous y reprenne!..

SIMON.

Ah! parbleu, vous n'disiez pas ça hier.. (*A lui-même.*) Fait-elle sa renchérite... parce qu'elle est pourvûte! (*bas à Marcel.*) A propos, Marcel, tu sais que nous déjeûnons ensemble...

MARCEL.

Moi, j'ai déjeûné.

DÉSIRÉE, *qui a écouté.*

Oui, M. Simon, nous avons déjeûné!

SIMON.

Puisque c'est moi qui paye... (*bas*) tu me prêteras, j'te rendrai.— Est c'que tu vas laisser porter la culotte à ta femme?..

DÉSIRÉE.

Vous avez donc bien de l'argent... que vous vous amusez toujours au lieu de travailler?

SIMON.

Ah! ça, ça nous r'garde, mame Marcel... Quand il n'y en a plus il y en a encore! (*avec explosion, après les avoir attirés à lui.*) Sans compter que j'ai rêvé...

MADAME BAURILLON.

Comme les autres... un quaterne à la loterie.

SIMON.

Ah bien oui!.. ben mieux qu'ça....

DÉSIRÉE.

AIR *du premier Prix.*

Oui, j' devin' quels rêv's sont les vôtres!
C'est d' l'or qui vous tombait du ciel!

MADAME BAURILLON.

Les gens sans l' sou n'en font pas d'autres!

SIMON.

Dam! ça m' paraît ben naturel!
A leur misèr', c'est une trêve;
Et j' vous f'rai seul'ment observer
Qu' si l'on n' gagnait rien dans un rêve,
Ce n' s'rait pas la pein' de rêver!
Non, ça n' s'rait pas la peine de rêver. (*bis*).

Au fait, faut que je vous conte ça.

MADAME BAURILLON *s'approchant pour écouter.*

Voyons c'te chimère... (*On entend crier du dehors*): madame Baurillon!...

MADAME BAURILLON.

C'est la voix de la portière... (*On entend crier de nouveau*: Un papier pour cheux vous!...) Là, j' vous demande un peu.., elle ne peut pas monter chez les p'tits locataires... sous prétexte qu'on demeure au sixième...

DÉSIRÉE.

Dam', écoutez donc, ma mère...

SIMON, *la reconduisant.*

Allez, allez, maman Baurillon, ça vous promènera.

(Elle sort en grognant.)

SCÈNE VII.

MARCEL, SIMON, DÉSIRÉE.

MARCEL.

Tu dis donc que tu as fait un rêve?

SIMON.

Et un fameux! — Figurez-vous que j'étais... banquetier... Oh! mais banquetier... le plus riche de l'endroit,... par exemple, j' peux pas venir à bout de m'rappeler l'endroit?.. tout c'que je sais, c'est que ça commençait par un saint... Saint...

MARCEL *riant.*

Saint-Cloud?

SIMON.

Qu't'es bête, saint Cloud! j'm'en rappellerais... (*après avoir encore cherché*). Enfin c'est égal... j'étais banquetier toujours. (*Ils rient.*) —Ça n'empêche pas que j'avais voiture... maison de ville... maison de campagne... et de l'or, de l'argent... j'vous en donnais, à toi, à ta femme, à nos amis, à tout le monde!..

AIR *de la Fête du village voisin.*

Pour commencer j'avais fait vot' fortune...

DÉSIRÉE.

Quoi! riche, encor vous restiez notre ami?

MARCEL.

Ne sais-tu pas qu'auprès d'un enrichi,
L'amitié devient importune!

SIMON.

Bien loin d' ça vraiment, ensembl' nous vivions!
Not' sort n'était qu'un, not' bourse n'était qu'une!
J'avais des millions,
Et nous les mangions.

MARCEL.

Quoi! nous les mangions?

SIMON.

Comme des cornichons!

DÉSIRÉE, *riant.*

Il avait des millions!

MARCEL, *de même.*

Et nous les mangions!

ENSEMBLE.

MARCEL ET DÉSIRÉE.

Ensemble rions,
Rions de ses millions.

SIMON.

Comme nous ririons
S'il m' venait des millions.

(Ils dansent en rond sur la ritournelle.)

SCENE VIII.

MARCEL, DÉSIRÉE, MADAME BAURILLON, SIMON.

MADAME BAURILLON; *elle tient un papier.*

Oui, riez, riez bien, je vous le conseille.

MARCEL.

Qu'est-ce qu'il y a donc, la mère?

MADAME BAURILLON.

Quand je l' disais... c'te dame Mirval!

DÉSIRÉE, *prenant le papier.*

Une citation chez le juge de paix!..

SIMON.

Bah! pour c'te robe... (*Avec explosion.*) Travaillez donc après ça!

MARCEL, *vivement.*

Voyons, voyons.

DÉSIRÉE, *lisant.*

Ah! c'est bien ça... A la demoiselle Baurillon et au sieur Marcel, son époux, pour la validité...

MADAME BAURILLON.

Ça me paraît clair!

DÉSIRÉE.

Du tout... ça ne l'est pas...

MADAME BAURILLON.

On lui a gâté sa robe.

DÉSIRÉE.

Il faut qu'elle le prouve... Nous plaiderons!

MADAME BAURILLON.

Et si l'on perd, il faudra payer...

DÉSIRÉE, *furieuse.*

Non! nous ne payerons pas!

(Éclats de voix de la mère et de la fille.)

MARCEL, *fortement.*

Allons, pas de cris... je m'en charge, j'y vais...

DÉSIRÉE, *toujours en colère.*

Non! je veux y aller, moi.

MARCEL, *lui prend le papier.*

Il me semble que je suis le chef de la communauté... Ma veste! (*Désirée se tait et la lui donne.*) C'est à deux pas... Je parlerai au juge-de-paix... je lui ferai un discours soigné!... Et en définitive, s'il faut payer ces deux cents francs... eh ben! j'ai des amis.

SIMON, *vivement.*

N'y a pas de doute... on trouve toujours quand on a de l'honneur... et une jolie femme!

AIR *de la Forêt de Sénart.*

QUATUOR.

Allons du courage,
Malgré ce nuage,
Dans notre / votre ménage
Le chagrin passera.
Chassons la tristesse
Quand l'amour nous / vous presse;
Courage, courage, le bonheur renaîtra.

(Marcel et Simon sortent. Madame Baurillon rentre dans la chambre.)

SCÈNE IX.

DÉSIRÉE, *seule.*

Au fait, j'aime mieux que ça soit mon mari qui y soit allé!... C'est vrai..... ces grandes dames..... parce qu'on leur abîme une robe... Eh ben! si elles n'sont pas contentes, elles n'ont qu'à les faire elles-mêmes!.. Oh! il est impossible qu'on nous condamne...

Marcel, il parlera au moins... et à présent, avec lui, je ne crains plus rien...

Air *de la Demoiselle au bal.* (Amédée de Beauplan.)

Ah! vraiment,
C'est charmant,
Quel heureux changement...
Je n' suis donc plus d'moiselle!
Maint'nant c'est tout plaisir..!
Devant moi va s'ouvrir
Une existenc' nouvelle.

Plus de tracas...
Désormais j'aurai l' bras
D'un mari qui, j' l'espère,
M' f'ra respecter,
Et saura m'éviter
Jusqu'aux sermons d' ma mère.
Ah! vraiment,
C'est charmant, etc.
Puis, comme il est
Décoré de Juillet,
Pour la gloir' j'imagine,
Nous s'rons égaux...
Car s'il est un héros,
J' deviens une héroïne!
Ah! vraiment,
C'est charmant, etc.

SCÈNE X.

DÉSIRÉE, SIMON.

SIMON, *haletant.*

Ah! là, là, là, me v'là...

DÉSIRÉE.

Eh bien!

SIMON.

Rassurez-vous... vous avez perdu!

DÉSIRÉE.

Et il faut payer?

SIMON.

Comme vous dites... ou bien...

DÉSIRÉE.

Y aurait-il un moyen?

SIMON.

Comment! y a toujours le choix... payer ou coucher en prison!

DÉSIRÉE, *pleurant.*

Un lendemain de mariage.... c'est une horreur!

SIMON.

Le fait est qu' c'est contrariant... Allons... allons est-ce qu'on se désole comme ça?... Il n'y a rien à craindre, je vous dis...

DÉSIRÉE.

Vous croyez ?

SIMON.

Rien du tout, Marcel est allé chercher des capitaux chez des amis, des bons amis. (*Il lui prend la main.*) Oh ! il est bien tranquille lui, allez ! et la preuve c'est que c'est lui qui m'a envoyé près de vous...

DÉSIRÉE.

Ce bon Marcel !

SIMON, *la cajolant.*

C'est ce que j'ai dit... ce bon Marcel ! qui m'envoye comme ça auprès de sa femme... auprès de sa petite femme !...

DÉSIRÉE.

M. Simon, je vous ai déjà dit de finir, je n'aime pas...

SIMON, *avec feu.*

Eh bien, moi ! j'aime... j'adore... je brûle... je suis un charbon ardent !...

DÉSIRÉE.

Monsieur Simon, si vous recommencez, vous me forcerez de le dire à mon mari....

SIMON.

Qu'est-ce que ça m' fait !... ou plutôt pourquoi faut-il que le créateur vous ait créée la femme de mon ami ?...

SCENE XI.

DÉSIRÉE, SIMON, UN COMMISSIONNAIRE.

LE COMMISSIONNAIRE, *avec un sac d'argent.*

C'est-t'i-ici M. Marcel ?

DÉSIRÉE.

Que lui voulez-vous ?

LE COMMISSIONNAIRE, *à Simon.*

C'est t'i vous ?

SIMON, *soupirant.*

Ah ! que n'est-ce ?.. mais c'est égal...

LE COMMISSIONNAIRE.

C'est que v'là d' l'argent que je lui apporte...

SIMON, *vivement.*

De l'argent !...

DÉSIRÉE.

Et de quelle part ?

LE COMMISSIONNAIRE.

D'aucune. ... Puisque l' monsieur qui me l'a remis, m'a dit qu'il n' voulait pas être connu...

SIMON.

Eh bien alors c'est clair...

AIR :

C'est pour vous !

DÉSIRÉE.

Quoi ! pour nous...
Quel mystère !

SIMON.

La chose est claire!
C'est pour vous.

DÉSIRÉE, *à part.*

Quoi! pour nous!

ENSEMBLE.

O destin! voilà de tes coups.

SIMON, *en prenant le sac des mains du commissionnaire.*

Combien contient c' sac, mon brave homme?

LE COMMISSIONNAIRE.

Deux cents francs!

SIMON.

Deux cents francs, merci!

DÉSIRÉE, *a part.*

Quoi! deux cents francs, juste la somme!

SIMON.

Ah! vraiment, quel beau trait d'ami!

DÉSIRÉE.

Pour nous c't argent?..

SIMON.

La preuve est assez forte..
Sans ça l'apportait-on d' bonn' foi?
J' suis ben tranquille, allez... chez moi
N'y a pas d' danger qu'on en apporte!

SIMON ET LE COMMISSIONNAIRE, *à désirée.*

C'est pour vous!

DÉSIRÉE.

Quoi! pour nous!
Quel mystère,
Dans cette affaire!

ENSEMBLE.

SIMON.

Dans c't' affaire,
N'y a pas d' mystère.

LE COMMISSIONNAIRE, *à part.*

Dans c't' affaire,
Y a du mystère.

SIMON ET LE COMMISSIONNAIRE.

C'est pour vous!

DÉSIRÉE.

Quoi! pour nous!

TOUS.

O destin, voilà de tes coups!

(Le commissionnaire sort sur la ritournelle.)

SIMON, *le reconduisant.*

Merci, merci mon brave homme... c'est bien pour ici...

SCÈNE XII.

DÉSIRÉE, SIMON.

SIMON, *revenant à elle et après un grand temps.*

Dites donc, mamselle Désirée .... je m' trompe, mame Marcel... avez-vous entendu le commissionnaire, qui m'a pris pour vot' mari. C'est drôle, hein? au fait, si je vous avais épousée, qu'est-ce qui m'aurait empêché de l'être?...

DÉSIRÉE.

Bien sûr... cette bêtise... ainsi, M. Simon, vous croyez que cet argent...

SIMON.

Quand j' vous dis qu' c'est une surprise d'ami!... (*Voulant prendre l'argent.*) Mais donnez-moi donc c' sac... j' vas l' porter tout d' suite moi... payer, montrer à ces gens-là qu'on a d' l'argent...

DÉSIRÉE, *le retenant.*

Oh! non, je veux attendre Marcel!

SIMON, *le prenant.*

Laissez donc, il vaut bien mieux entrer dans la surprise de l'ami, qui veut rester inconnu; ça s'ra plus drôle... Marcel va r'venir furieux, les bras croisés : il n'y a donc plus d'amis... pas un seul ami! et vous qui savez l' contraire et qui dites : y en a encore! et la preuve, la v'là... là dessus la quittance. — Hein! comprenez-vous la surprise?

(Il renverse le sac sur la table et compte.)

DÉSIRÉE.

Quoi! vous voulez vous donner la peine?

SIMON, *après avoir compté.*

Tiens, juste la somme... Quinze francs de trop!... d' quoi faire un joli p'tit dîner...

DÉSIRÉE, *voulant l'arrêter.*

Monsieur Simon?

SIMON.

Un dîner de lendemain... Marcel sera encore bien plus surpris! Laissez donc...

AIR : *Vite en avant deux.*

Nous avons d' l'argent,
Faut d'abord être honnêtes!
Nous avons d' l'argent,
Faut payer à l'instant;
Mais il rest' d' l'argent
Et nous n'avons plus d' dettes,
Puisqu'il reste d' l'argent;
Faut l' manger comptant.
Je prends,
Moi, ces quinze francs,
Et sans plus d' dépense,
Dans un instant, j' pense,
Vous allez avoir de ma main,
Un joli p'tit plat, un plat d' lend'main.
Nous avons d' l'argent, etc.

(Il sort.)

SCENE XIII.

MADAME BAURILLON, DÉSIRÉE.

MADAME BAURILLON.

Eh bien! eh bien! qu'est-ce donc! quel tapage on fait ici!

DÉSIRÉE.

Oh! maman... si vous saviez... chez le juge-de-paix...

MADAME BAURILLON.

Eh bien !

DÉSIRÉE.

Nous avons perdu.

MADAME BAURILLON.

Là... je l'avais dit.

DÉSIRÉE.

Oui ; mais ce que vous n'aviez pas dit, c'est que tout est payé, que nous n'avons plus rien à craindre ; et que j'attends Marcel pour lui apprendre cette bonne nouvelle. (*On entend du bruit.*) Je crois que c'est lui...

(Elles se retirent au fond à gauche.)

SCÈNE XIV.

MADAME BAURILLON, DÉSIRÉE, MARCEL.

DÉSIRÉE.

Comme il a l'air chagrin !..

MARCEL, *sans les voir.*

Pas d'argent! voilà donc les amis; il en est un surtout auquel je ne puis pardonner... M. Grandjean, ce riche marchand de meubles, lui, pour qui je travaille sans relâche. « Il ne fallait pas tout dépenser hier », m'a-t-il répondu sèchement.

DÉSIRÉE, *s'approche en riant.*

Marcel!.. Marcel !.. ne te désole pas : tout est payé !..

MARCEL.

Comment!

DÉSIRÉE.

Un ami !

MARCEL.

Il se pourrait... Quel est-il ?

DÉSIRÉE

Je ne sais ; mais on a apporté... deux cents francs... Un commissionnaire.

MARCEL.

Quel soupçon ! de la part de...

DÉSIRÉE.

La personne n'a pas voulu se nommer.

MARCEL.

Je tremble... (*Avec crainte.*) Eh bien?

DÉSIRÉE, *de même.*

Eh bien... M. Simon était là... j'ai cru... et il est allé payer...

MARCEL.

O ciel !.. imprudente !..

AIR : *Ouverture de la Gazza* (1).

Qu'as-tu fait ?
O regret!

(1) S'adresser à M. Hus-Desforges, chef d'orchestre du théâtre, qui l'a arrangé.

Quel tourment
Nous attend ?
Cet argent, (bis.)
Je n'en suis que dépositaire ;
Qu'as-tu fait ?
O regret!
Quel tourment ?
Nous attend?
Quel moment !
Cependant,
Comment
Faire
A présent?

DÉSIRÉE.

Qu'ai-je fait?
O regret! etc.

MADAME BAURILLON.

Qu'as-tu fait ? etc.

SCÈNE XV.

LES MÊMES, M. DELAUNAY.

DELAUNAY.

Grâce au ciel, je vous trouve...

DÉSIRÉE, *à part.*

Quelle frayeur j'éprouve !

DELAUNAY.

Je reviens dans ces lieux
Pour cet argent...

DÉSIRÉE, *à part.*

Grands dieux !

DELAUNAY.

Du vieux Robert la femme,
Est chez moi qui réclame
Ce pressant secours,
Et moi-même j'accours...

MARCEL, *embarrassé.*

Veuillez attendre...

DELAUNAY, *vivement.*

Il faut me rendre...

MARCEL, *avec honte.*

Vœux superflus...
Monsieur, je ne l'ai plus !

TOUS, *reprenant.*

Qu'as-tu fait, etc.

DÉSIRÉE.

Qu'ais-je fait ? etc.

DELAUNAY.

Quel langage étonnant !
Quel moment !
Cependant
Cet argent, (*bis*)
Vous en êtes dépositaire...

(*A part.*) Qu'ont-ils fait?
O regret! etc.

DELAUNAY.

Se pourrait-il, Marcel, vous en auriez disposé?

MARCEL.

Moi!.. oh! non... mais une erreur, une dette pressante... cette somme apportée en mon absence... ma femme qui ignorait... un ami imprudent qui l'a entraînée... enfin, je ne l'ai plus!

DELAUNAY.

Le cas est grave... la femme Robert attend.

DÉSIRÉE.

Ah! monsieur, ne nous perdez pas.

MARCEL.

M. Delaunay, je vous le répète, ce n'est qu'une erreur... vous connaissez ma probité, je vous demande une heure!

DELAUNAY.

Une heure soit... mais songez que la femme Robert attend!...

(Il sort au milieu de leurs supplications.)

SCÈNE XVI.

DÉSIRÉE, MARCEL, MADAME BAURILLON.

MARCEL.

Que faire?

MADAME BAURILLON.

Eh bien! mon gendre, qu'avais-je dit?

MARCEL, *vivement.*

Eh! de grâce!

MADAME BAURILLON.

Si l'on avait ménagé les 500 francs.

DÉSIRÉE, *avec impatience.*

Mais ma mère!

MADAME BAURILLON.

On a commencé par manger les 500 francs.

MARCEL, *avec colère.*

Eh! madame, c'est assez.

MADAME BAURILLON, *rentrant.*

C'est juste! j'ai tort!... oui, mon gendre, je vous laisse... je ne vous dirai plus rien... (*Revenant à lui.*) Mais si on n'avait pas mangé les 500 francs.

MARCEL, *la renvoyant.*

Ah ça, finirez-vous!

(Elle rentre stimulée par sa fille.)

SCÈNE XVII.

DÉSIRÉE, MARCEL.

MARCEL, *avec une grande inquiétude.*

Il faut payer ! oui, il le faut... mon honneur y est engagé... mais comment? et dans quel instant? lorsque tout-à-l'heure encore je n'ai essuyé que des refus !

DÉSIRÉE, *s'approchant.*

Mon ami !

MALCEL, *avec colère.*

Laissez-moi !

DÉSIRÉE, *à part avec tristesse.*

Déjà !

MARCEL, *la faisant reculer devant lui avec colère.*

C'est vous, vous seule qui êtes cause... car cette dette était la vôtre, et c'est pour la racheter...

DÉSIRÉE, *tombant sur la chaise.*

Il me repousse !

MARCEL, *à part après un grand temps.*

Mais, est-ce sa faute? un enfant!.. Sa mère a raison... et mon imprévoyance seule...

DÉSIRÉE, *pleurant, à part.*

Dès le lendemain !

MARCEL, *l'appelant.*

Désirée ! (*Elle pleure sans le regarder.*) Désirée ! (*Elle regarde : lui tendant les bras.*) Allons, embrasse-moi... et que ça finisse ?...

DÉSIRÉE, *se jetant dans ses bras.*

Ah ! tu m'aimes toujours, n'es-ce pas?

MARCEL.

Tu me le demandes !

DÉSIRÉE.

Et tu n'auras plus de colère !

MARCEL.

Non, non... jamais, jamais !..

AIR *de Préville.*

A pein' mariés, d' la brouill' dans not' ménage!..
Assez ma chèr', n'allons pas r'commencer...
Des qu'rell's pour nous, pour les gens d' not' étage,
Va ! c'est du luxe auquel il faut r'noncer...
C'est un plaisir qu'aux rich's il faut laisser!
S' disputent-ils? c' n'est qu' pour s'aimer d' plus belle!
Cach'mir's, bijoux, tout vient les raccorder...
Avec de l'or ils n'ont qu'à commander!
Nous, c'est autr' chose!.. iln' faut pas qu'on ait d' querelle
Quand on n'a pas l' moyen d' se racc'moder!

(*Après une pause, avec douleur.*) Mais cet argent... je l'ai promis !

DÉSIRÉE.

Dans une heure !..

MARCEL.

Et pour accroître mes tourmens, c'est l'argent d'un malheureux... d'un ouvrier malade !...

DÉSIRÉE.

Que devenir ?

MARCEL.

Et si je ne le rends pas ! la honte !... Ah ! plutôt mourir ! (*Il est accoudé sur l'établi et plongé dans une espèce de rêverie...* Mais... l'heure s'écoule... et je ne trouve rien qui puisse... (*Saisissant la circulaire laissée sur l'établi.*) Qu'elle idée? (*Se levant vivement.*) Oui... ce moyen... (*Regardant sa femme.*) Mais ma pauvre femme... (*Avec résolution.*) N'importe ! c'est la seule ressource... (*A Désirée.*) Je cours, je reviens.

AIR : *Des Mémoires d'un Colonel.*

Ne pleure plus, sois sans alarmes,
Nous retrouverons le bonheur !
(*A part.*) Je ne puis retenir mes larmes...
(*A Désirée.*) Du moins nous sauverons l'honneur !

DÉSIRÉE, *agitée.*

Qu'as-tu, Marcel, et quel mystère?
Dois-je craindre un nouveau malheur?

MARCEL, *vivement.*

Un malheur! le plus grand, ma chère,
N'est-ce pas de perdre l'honneur? (*bis.*)

(Il sort précipitamment sur la ritournelle.)

SCENE XVIII.

DÉSIRÉE, *seul.*

Que va-t-il faire ? où va-t-il ? Mon Dieu ! mon Dieu !.. nous étions si heureux ce matin !.... Ce plaisir, cette noce que nous nous rappellions avec tant d'ivresse !.... Quel lendemain !... Mais aussi ce monsieur Simon, avec sa méprise, qui n'a fait qu'ajouter à notre embarras. (*On entend frapper vivement.*) On frappe !.... je tremble !

(Elle reste indécise. On frappe plus fort.)

SCÈNE XIX.

DÉSIRÉE, SIMON, MADAME BAURILLON.

MADAME BAURILLON.

Eh bien ! est-ce que tu n'entends pas qu'on frappe ?

SIMON, *en dehors.*

Ouvrez donc, c'est moi !

(Il continue à frapper.)

MADAME BAURILLON.

Ah! c'est ce mauvais sujet, un moment... (*Ouvrant.*) On vous ouvrira toujours assez tôt...

SIMON, *entrant avec une dinde et deux bouteilles de vin.*

Eh ben! vous êtes encore honnête, maman Baurillon... apprenez qu'on n' peut jamais ouvrir trop tôt à l'amitié... et à une dinde farcie... sans compter l'reste...

MADAME BAURILLON.

Qu'est-ce qu'il dit?

SIMON.

Allez... dressez-nous l'animal, maman Barillon.

DÉSIRÉE, *impatientée.*

Ah! M. Simon! il s'agit bien de cela... cet argent n'était pas pour nous!

SIMON.

Bah!

DÉSIRÉE.

Et M. Delaunay vient de le réclamer.

SIMON.

Tiens! c'est donc ça que j' viens de l' rencontrer.

DÉSIRÉE.

Si nous ne le rendons pas de suite, nous sommes déshonorés!.. et c'est vous seul qui êtes cause...

SIMON.

Moi! c'est ça... entrez donc dans la peine des amis!

DÉSIRÉE.

Des amis! pauvre Marcel!.. où en trouvera-t-il?

SIMON.

Tiens!.. et moi! est-ce que je ne suis pas là... A propos, v'là la quittance de madame Mirval. (*Désirée la repousse.*) Vous n'en voulez pas?..

SCÈNE XX.

MADAME BAURILLON, DÉSIRÉE, DELAUNAY, SIMON.

DELAUNAY.

Eh bien! mes amis, Marcel n'est pas de retour?

DÉSIRÉE, *abattue.*

Pas encore!

SIMON.

Oh! il va vous rapporter vot' argent, M. Delaunay... n' croyez pas que parce qu'on s'est trompé... car en v'là la preuve... tenez... v'là la quittance de c'te dame Mirval...

DELAUNAY, *la prenant.*

Ah! ah!

SIMON.

On est pauvre, voyez-vous, mais on est honnête... Donnez-vous donc la peine de vous asseoir. (*Bas à madame Baurillon.*) Si je l'invitais à dîner?

DELAUNAY.

Marcel...

SIMON.

Tarde bien, c'est vrai... M. Delaunay... pardon de la liberté... mais si en attendant vous vouliez... le dîner est digne de vous... un r'pas d'lendemain... sans cérémonie là... entre-s'amis!

DELAUNAY, *à part.*

Je crois parbleu qu'il veut m'attendrir!

SIMON, *à part.*

S'il se met à table, l'affaire passe! tout passe à table!

DÉSIRÉE.

Ah! Monsieur, ne vous impatientez pas...

MADAME BAURILLON, *qui depuis long-temps écoute à la porte.*

Le voici... le voici qui accourt...

SCENE XXI.

MADAME BAURILLON, DÉSIRÉE, DELAUNAY, MARCEL, SIMON.

MARCEL.

Monsieur... voici votre argent!

DÉSIRÉE.

Ah! je respire!

DELAUNAY.

Ma foi, mon cher Marcel, je vous avoue que je ne devais plus l'attendre...

MARCEL.

M. Delaunay, vous me faites injure; je ne suis qu'un artisan, mais.....

DELAUNAY.

Oui, un artisan que je croyais aussi sage que laborieux, et qui n'a pas craint de compromettre, par des folies, sa tranquillité, son honneur...(*Mouvement de Marcel.*) Aussi, je l'en ai puni comme il le mérite...

TOUS.

Que signifie?..

DELAUNAY.

Je vais vous le dire .. Ce matin, je sortais de chez vous mécontent de l'emploi que vous aviez fait de la dot de votre femme... lorque j'apprends de madame Mirval...

TOUS.

Madame Mirval!..

DELAUNAY, *continuant.*

Quelle peut exiger de vous le paiement d'une robe de prix. Je lui conseille de vous poursuivre : vous êtes condamné, hors d'état de payer, je le savais; M. Grandjean seul pouvait vous tirer de ce mauvais pas : c'est moi qui l'en ai empêché.

TOUS.

Vous!

DELAUNAY.

Combien votre embarras était grand! combien vous deviez vous repentir déjà d'avoir dissipé, dans un jour, ce qui pouvait assurer le repos de votre ménage naissant?

MARCEL.

Monsieur...

DELAUNAY.

Mais rassurez-vous... vous ne devez rien... Tenez, lisez-vous-même...

MARCEL, *lisant.*

« Je reconnais avoir reçu de M. Marcel la somme de deux cents « francs.... montant de la quête par lui faite pour l'ouvrier « Robert... »

« *Signé*, Ve MIRVAL. »

DÉSIRÉE, *vivement.*

Il se pourrait... cette réclamation de madame Mirval...

DELAUNAY.

N'était qu'un moyen de vous faire sentir vos torts.

MARCEL, *désespéré.*

Suis-je assez malheureux?

DELAUNAY.

Que dites-vous?

MARCEL, *lui remettant des papiers.*

Tenez, monsieur...

DELAUNAY.

Que vois-je? un engagement pour Haïti!

DÉSIRÉE.

Grands dieux!

DELAUNAY.

AIR : *Il me faudrait quitter l'empire.*

Qu'avez-vous fait? qui pouvait vous contraindre?

MARCEL,

Ah! de l'honneur j'ai suivi la leçon!
En m'éloignant je n'avais rien à craindre:
La honte au moins eût épargné mon nom!

DELAUNAY.

Renoncer à votre patrie?
Et votre femme la quitter!

MARCEL, *serrant sa femme dans ses bras.*

Ah! je sais trop ce qu'il me faut quitter!
J'aurai plutôt donné cent fois ma vie...
Mais se tuer, ce n'est pas s'acquitter!

DELAUNAY.

Brave Marcel, que d'honneur! de courage!.. Ah! les ouvriers!.. les ouvriers! Mais on peut revenir sur un pareil engagement... Et quelque prix qu'il m'en coûte, vous ne partirez pas... (*Relisant les papiers.*) Voyons donc un peu...

SIMON, *par-dessus son épaule.*

Tiens... mais c'est ma circulaire d'a c' matin!..

DELAUNAY, *vivement.*

Hein? quelle idée?.. Simon!..

SIMON, *avec une grande politesse.*

Monsieur Delaunay...

DELAUNAY.

Tu es l'ami de Marcel...

SIMON.

Certainement... et d' sa femme donc?

DELAUNAY.

Autrefois il eût pu disposer de lui... il était garçon... mais maintenant, il ne s'appartient plus!.. Toi, au contraire, tu ne tiens à rien... tu es libre!

SIMON.

J' crois bien que j' suis libre... J'ai bien mon bourgeois qui me force à travailler;... mais c'est égal, j' suis parfaitement libre!

DELAUNAY.

Eh bien! mon cher Simon, ton état indépendant... ton amitié... et mille francs que je te donne, te font un devoir de...

SIMON.

Ah! je comprends la couleur.... d'aller à sa place à Haïti..... Eh ben! c'est pas ça du tout, voyez-vous! la liberté!.. m' dit de rester ici... où je m' trouve bien!.. L'amitié!.. de ne pas quitter mon ami... ni la femme de mon ami!... Quant à vos mille francs, s'ils vous gênent... eh ben! ça n' gâtera ni la liberté ni l'amitié!.. .

DELAUNAY.

Cependant...

MADAME BAURILLON.

Allons, un peu de cœur!

SIMON.

Laissez-moi donc tranquille; allez-y avec vot' cœur!

DÉSIRÉE.

M. Simon!

SIMON.

Ah! vous avez beau me caliner à présent...

DELAUNAY.

Mais il me semble, Simon, que jamais tu n'auras été si riche,... et, crois moi, plus d'un colon n'en eût pas davantage pour commencer sa fortune à Saint-Domingue!

SIMON *sautant sur lui-même.*

Hein! comment avez-vous dit?

DELAUNAY.

Pour faire fortune à Saint-Domingue.

SIMON, *avec explosion.*

Saint-Domingue! Dieu! juste le saint que j'ai rêvé! (*à Marcel.*) C'est là que j'étais banquetier... (*à Delaunay*) à Saint?..

DELAUNAY.

Domingue!

SIMON.

A Saint-Domingue! et vous voulez m'y envoyer?

DELAUNAY.

C'est là, mon ami, c'est là que ton rêve t'appelle... qui sait?.. c'est là que t'attendent peut-être des plantations superbes de café.

SIMON.

J'ai rêvé café!..

DELAUNAY.

De sucre !..

SIMON.

J'ai aussi rêvé sucre !

DELAUNAY.

Et puis de l'or... des mines !..

SIMON.

Juste ! j'ai couché dans une mine d'or... *(Avec transport.)* M. Delaunay! touchez-là, ma fortune est faite !.. Ah! mon ami !.. la femme de mon ami... la mère de mon ami !..

(Il se jette au cou de tout le monde)

MARCEL, *vivement.*

Ah ! Simon, je ne souffrirai pas...

SIMON.

Tais-toi donc... entre-s'amis... (*A part.*) Il est charmant... il croit que c'est pour lui !

DELAUNAY.

Allons, c'est arrangé... tu vas recevoir ton argent !

SIMON, *vivement.*

D' l'argent ! Pourquoi faire ? Saint-Domingue... je n' veux que ça... mon rêve et v'là tout !

DELAUNAY.

Et demain tu seras en route pour Haïti !

SIMON.

Ah ! si vous v'nez encore me parler d'Haïti... Tenez, M. Delaunay, entendons-nous bien avant de partir... Saint-Domingue, oui. — Haïti, non...

DELAUNAY.

Mais, mon ami, c'est la même chose.

SIMON.

C'est égal, je n'en ai rêvé qu'un !

DELAUNAY.

Enfin le bonheur va renaître pour vous ; mais que ce qui s'est passé aujourd'hui ne sorte jamais de votre mémoire, et quand, par hasard, quelqu'artisan de vos amis se mariera, faites-lui sentir, en lui rappelant vos dangers, qu'il faut penser au lendemain... oui, mes amis...

AIR, *Vaudeville du Charlatanisme.*

Sur chaque jour qui disparaît
Savoir faire une économie,
Pour assurer le jour qui naît...
C'est l'histoire de notre vie !
Ainsi, sans regrets, sans tourmens,
Par dégrés la vieillesse avance...
Pour être heureux à soixante ans,
Comme aux beaux jours de son printemps,
Rien de tel que la prévoyance!

MARCEL.

Quand on entend de toutes parts,
Nos départemens d' la frontière,
D'mander des arm's et des remparts
Contre l'invasion étrangère...
Qu' fait-on pour rassurer l' pays?
Et sur les limit's de la France,
Pour arrêter les ennemis?..
On s' met à fortifier Paris...
Rien de tel que la prévoyance!

SIMON.

Dans la Vendée y a-t-il long-temps
Qu' not' pauvre armé' trotte et se lasse ?
On n' pinc'ra donc jamais ces chouans?
Vrai! c'est un' bamboch' qui me passe...
D' leur présenc' vient-on avertir ?
Soudain on court en diligence...
On arrive... on va les saisir...
Toujours quand ils vienn'nt de partir!..
Rien de tel que la prévoyance!

DÉSIRÉE, *au public.*

C'est l'usag', messieurs, qu' chaque auteur,
A la fin d' tous les vaudevilles,
Vous dis' qu'il tremble... qu'il a peur...
Ce soir les nôtr's sont bien tranquilles...
Car ils trouv'nt le leur si... mauvais,
Qu'à moins d'une extrême indulgence,
Ils resteraient tout stupéfaits
S'ils allaient avoir un succès...
Rien de tel que la prévoyance!

FIN.

MISE EN SCENE.

Scène première. — Au lever du rideau, Marcel est appuyé sur le dos de la chaise où sa femme est assise (au milieu du théâtre). La mère Baurillon, à la gauche de Desirée, prépare le déjeûner près de la cheminée. Avant le premier couplet, et pendant ces mots : *C'est si joli*, Désirée se lève, ainsi que la mère Baurillon. Après ces mots : *On ne se marie qu'une fois*, Marcel et Désirée apportent la table au milieu du théâtre et s'y placent ; Marcel à la gauche des spectateurs, Désirée au milieu, la mère Baurillon à sa gauche. A la fin du deuxième couplet, aux mots : *Plus jolie*, ils se lèvent et vont remettre la table au fond. Aux mots : *Je ne m'étonne plus*, madame Baurillon est à la droite de Marcel, puis elle va ranger les tasses au fond, pendant que Désirée et Marcel répètent les pas qu'ils ont dansés la veille.

Scène deuxième. M. Delaunay entre par le fond, et se tient entre Désirée et Marcel, celui-ci à sa gauche. Les deux femmes sortent par la porte à la gauche des spectateurs.

Scène troisième. Delaunay à Marcel à sa gauche ; le premier sort par le fond.

Scène cinquième. Désirée revient par la gauche, reprend son ouvrage et s'assied à la gauche de son mari, qui travaille à l'établi. La mère Baurillon, qui est entrée derrière sa fille, s'assied à la droite des spectateurs.

Scène sixième. Simon entre par le fond et se tient entre les deux femmes au milieu de la scène. Aux mots : *Je suis fatigué*, il s'assied un moment sur le bord de la table, et revient à Désirée, en disant : *qui ni pas voulu être la mienne*. Aux mots : *On doit le vouloir*, Marcel passe à la gauche de sa femme, près de Simon, qui a redescendu la scène ; après avoir chanté son couplet il retourne à son établi.

Scène huitième La mère Baurillon sort par le fond et rentre bientôt après par la même porte. Simon passe à la droite des spectateurs.

Scène neuvième. Marcel sort par le fond, suivi de Simon. La mère Baurillon sort par la porte à gauche des spectateurs.

Scène dixième. Simon revient par le fond et se tient à la gauche de Désirée.

Scène onzième. Le commissionnaire entré par le fond se tient à la gauche de Simon et sort par le fond.

Scène douzième. Aux mots : *Laissez donc*, il prend le sac que tient Désirée et, passant à sa droite, va compter l'argent sur l'établi. Il sort par le fond.

Scène treizième. La mère Baurillon entre par la gauche des spectateurs et reste de ce côté.

Scène quatorzième. Marcel entre par le fond. Les deux femmes se tiennent à la gauche des spectateurs ; Désirée près de son mari et ayant sa mère à sa droite.

Scène quinzième. Delaunay, entré par le fond, se tient entre Désirée et Marcel. Il sort par le fond.

Scène seizième. La mère Baurillon passe de la droite de Désirée à la gauche de Marcel.

Scène dix-septième. Aux mots : *Il me repousse !* Désirée se laisse tomber sur la chaise placée près de l'établi. Elle se relève et se jette dans les bras de Marcel ; après le second : *Désirée*. Après ces mots : *Et pour accroître mes tourmens*,